감성만리

감성만리

초판 1쇄 인쇄일 2015년 01월 19일
초판 1쇄 발행일 2015년 01월 23일

글 김학신
펴낸이 양옥매
디자인 이윤경, 신지현

펴낸곳 도서출판 책과나무
출판등록 제2012-000376
주소 서울특별시 마포구 월드컵북로 44길 37 천지빌딩 3층
대표전화 02.372.1537   팩스 02.372.1538
이메일 booknamu2007@naver.com
홈페이지 www.booknamu.com
ISBN 979-11-5776-014-5(03810)

이 도서의 국립중앙도서관 출판시도서목록(CIP)은 서지정보유통지원 시스템
홈페이지(http://seoji.nl.go.kr)와 국가자료공동목록시스템
(http://www.nl.go.kr/kolisnet)에서 이용하실 수 있습니다.
(CIP제어번호 : CIP2015001718)

감성만리

感性萬里

김학신 지음

책과나무

내 나이 지천명. 뜻밖에 시집을 내고자 하는 무모한
도전이 계속되고 있다. 씨앗을 뿌렸으나 부족한
지성과 감성으로 성장이 더디다. 기다림이 불면을
부르고 산과 말동무를 가까이 하게 되었다.

원고를 청탁해 줄 출판사나 기다려 주는 누구도
없으니, 방법은 하나. 꼬박 꼬박 글 쌓는 수행을
해내야 했다.

무모함과 두꺼운 얼굴로 보낸 설은 글들에
고맙게 응답해 주신 분들 덕분에 힘 얻어 한 걸음
한 걸음 나아갈 수 있었다.

출판하는 글들이 보기 싫은 친구가 되어 불쑥
오더라도 지금 용기를 내 본다. 무모하지만 시집을
내는 행운과 기쁨이 다가와 줘 정말 행복하다.

시인이 될 수 있지 않을까 하는 상상만으로도
감사하고 예쁜 날이다.

2014년 11월 11일
馬友 김학신

| 목차 |

머리말   04

감성 행복 따라가기
하나

감칠맛   14

보름달 동무   15

나무 위 새집   16

동네 총각   17

우리 동네 김장   18

야참의 즐거움   19

길섶 갤러리   20

시절 공감   21

우리들 콘서트   22

콩깍지   23

건배사 희비喜悲   24

밤섬의 봄   26

웃자   27

봄비 내리면   28

귀향   29

산행 유희遊戱   30

봄이 오니   31

꿈비　　　　　　　　　　　　　32

광교산 유희　　　　　　　　　33

산삼의 추억　　　　　　　　　34

남이섬 스토리　　　　　　　　36

감성
둘　사랑해야 할 이유들

Shall We Dance　　　　　　　38

고추잠자리　　　　　　　　　39

기다림　　　　　　　　　　　40

어느 산행　　　　　　　　　　41

축 결혼　　　　　　　　　　　42

마로니에 공연장　　　　　　　44

묵은 짝꿍　　　　　　　　　　45

우리 아들에게　　　　　　　　46

단풍길　　　　　　　　　　　48

배고프니　　　　　　　　　　49

봄 인연　　　　　　　　　　　50

우리 인연　　　　　　　　　　51

소망해요　　　　　　　　　　52

잠실 콜로세움　　　　　　　　53

Power of Green　　　　　　　54

밤송이 사랑　　　　　　　　　55

양념장　　　　　　　　　　　56

가을 별곡　　　　　　　　　　58

감성 셋 행운은 언제나 가까이

벚꽃 나리는 날   60

혼신의 힘   62

지금   63

반가워요   64

산행 中 선택   65

우중雨中 하산下山   66

외인 합창단   67

인연法   68

참작參酌   69

세월 버티기   70

여름 마중 꽃   71

시작   72

감성 넷 아름다움은 가슴에 있어요

봄비님   74

뿌리길   75

가현산 진달래꽃   76

순응順應   77

나비의 꿈   78

겨울비   80

나의 강江   81

Gift of Forest   82

아기 새의 입   83

소년의 새벽 바다   84

적송赤松   85

강빛에 기대어   86

한글   87

낙엽 돌아오리   88

모나리자   89

여름 바캉스   90

연산홍   91

고운 약속   92

감성 다섯   동행을 원해요

첫사랑   94

편지   95

귀한 인연   96

가죽장갑   97

졸음   98

옛 선율   99

어느 오수午睡   100

어느 나그네   101

광한루의 봄맞이   102

이쁜 동창들아   103

통通   104

명당   105

살곶이 다리   106

Winter Wine   108

나를 따르라   109

우리들 지휘자   110

"꽃 한 송이" 목장에 가면   111

광릉수목원   112

한글 교시敎示   114

감성 여섯 삶이 들려주는 이야기들

우리들 무대   116

폼생폼사   117

사주풀이   118

마른장마   120

늦은 하산길   121

발자국   122

두개의 벤치   123

아침 운세   124

여의도 풍경   125

들풀   126

믿는 대로   127

누구   128

인과   129

월요일 아침   130

빈 의자   131

고독의 변辯   132

세상사   133

우리들 점심   134

여름 정취情趣   135

비 내리는 연유緣由   136

어린 추억   138

정산頂山에 서면   140

**감성
일곱** 슬픔은 기다림으로 꽃이 되어요

가을 마중   144

하얀 요트   145

구설수   146

잠시 이별   147

깊은 이별   148

기다림   149

팽목항 비가悲歌   150

망각   151

안개길 재회再回   152

춘추春秋   153

초심   154

늦은 여름밤   155

어떤 호객   156

지리산 잔혹사   157

네온사인   158

어머니   159

역류逆流   160

가을 이별   161

**감성
여덟** 너무 감사한 게 많아요

아들편지   164

솟대   165

새해 첫 울림   166

개천절開天節　　　　167

불일암 가고 오는 길　　　168

첫 주민등록증　　　　170

인공 연못　　　　171

울 하부지　　　　172

우리들 추임새　　　　173

최고의 도시락　　　　174

 감성 아홉 희망은 다가서는 거예요

홀씨 되어　　　　176

천년 혼魂　　　　177

하심下心　　　　178

모닥불 스토리　　　179

겨울 하구　　　　180

국화　　　　181

옛 남원역　　　　182

강남 불야성　　　　183

보물찾기　　　　184

찰나　　　　186

금슬琴瑟　　　　187

인생 길　　　　188

비장悲壯　　　　189

스마트 피플　　　190

여름나기　　　　191

강아지풀　　　　192

임계점臨界點　　　193

백일홍　　　　194

감

성

하

나

행복 따라가기

감칠맛

아침 아들과 함께 먹은
감 한 쪼각

단 내음이 계속
입안에 가만히 남아

가슴 속까지도
달달히 데워 주고 있네요

보름달 동무

별들이 백사장처럼
눈 시리게
펼쳐진 밤하늘

이쁜 누이가 따다 준
봉숭아 꽃잎 이불 삼아
앞마당 평상에 엉켜 누워

상상의 나래 짓으로
꿈을 먹고 나누던
동무가 새록한 둥근 한가위

나무 위 새집

거세게 바람 불어도
무거운 눈 내려 쌓여도
오래 비 내려 젖어도
뜨거운 햇볕이 태울 듯해도
괜찮아요 괜찮아요

알콩달콩쓴콩 새끼 커 가고
산들 산들 그네 타는
우리 집이 최고예요

동네 총각

동네 컴퓨터 가게 총각
꽉 찬 밤송이 같다
잠깐 손보고 이만 원 삼만 원
기다려 서로 지불하고 있다
CD 한 장 구워 주고 삼천 원
출장도 번개 같다
하얗고 이쁜 스쿠터로
의다다닥~
벌써 사라졌다
울 동네서 젤 잘나간다

우리 동네 김장

찬바람 불면
엉덩이가 들썩 들썩

허리 못 펴고
눈 매워도

품앗이로
온 동네가 까르르

설익은 보쌈김치
한입 가득

사는 맛은
손맛이여

야참의 즐거움

찰 윤기 나는 과메기 한 쌈
고향 바다를 부르고

고소 매콤한 치킨
동네 호프집을 가깝게 하고

단백 달콤한 피자 한 판
사춘기 아들 코빼기도 보게 하고

뽀글뽀글 생태찌개
친구와 쐬주를 가깝게 하고

갓 지진 해물파전과 막걸리 한 잔
허기진 마음도 채워 주고

찐하게 마음 동하는 겨울밤 야참
친구 같은 살로 넉넉하게 돌아오네

길섶 갤러리

별이 쏟아지는 지리산 자락
아늑한 소나무 숲에 안겨
바람도 쉬어 가게 펼쳐 있고

황토사랑방 손님
클래식 선율 따라 산세에 빠지고

산중 우아한 스테이크 디너
기막힌 맛에 양도 후한 리필
닭볶음 안주는 마음까지 채워 주고

산신령 기운이 녹아 있고
지리산 굽이굽이
스토리가 들리는 작품들은
시공을 승화해
나그네 마음을 내려놓게 하네

시절 공감

강섶 터 좋고 잘생긴 바위에
낚싯대도 없이 앉아
물 밖으로 장난스레 장구 치는
고래만 한 잉어 보며
그놈 시절 좋네

낚싯대가 없는 게 너무 다행
잡을 수 없으니
잡고 싶은 마음도 없어
그저 예뻐

유유자적 성취한 큰 몸짓에
덩달아 흐뭇한 미소 커지고
함께 공유하는 시공이
가슴 채워 주네

우리들 콘서트

산들바람 불어 시원하고
감미로운 색소폰 선율 가슴 울리네

예쁜 거울 빛처럼 반짝반짝
묵은 간장빛 닮은 고모저수지 물결로
한 땀 한 땀 수놓은
수줍고 아쉬운 병아리 선율
인생이 녹아 있는 선율
가슴 담아낸 스토리 선율

저마다의 사연 타고 넘나들며
빛들과 함께 춤추는 정원
쬐금 덜 익어 떫은 열매처럼
싱그런 빛깔로 한들한들 쌓여가는 추억

시나위로 얼쑤 장단 맞춰 가는
진한 살빛의 여름날 향연

콩깍지

아침 지하철 안 군중 속
사랑에 눈먼 한 쌍
얼굴 탄다고
선크림 서로 거울삼아
발라 주며 좋단다

크림을 비빌수록
눈부시게 더 예뻐지는
신기한 깍지야
오래 오래 가 주렴

건배사 희비喜悲

서로를 위하는 건배사
배려와 주장
알랑가 모르게 베어 있네

딱 마음 열 수 있는 멘트
준비했거나 안했거나
해내야 하네

다사다난한 삶을
굵고 짧게 한마디로
시원하게 긁어 주면
이쁜 건배사

자랑질 흉내질 내숭질
얌체질 주당질 지적질
짜증나게 길어지고
빡빡히 반복하면 나쁜 건배사

상대를 배려해

마음 전달되는 건배사

저작권 등록으로

평생 맘 편히 써먹게 하자

밤섬의 봄

생명으로 만선인 섬 하나
이쁜 봄 속에 둥둥 떠 있네요

나무들은 흔들흔들
수줍은 연초록으로
물이 오르고

풀잎들도 출렁출렁
파릇하게
속딱속딱 시끄럽고

바람은 감미롭게 한들한들
새하얀 꽃비가 나리듯
강 물결로 춤추고

내 님 마음도 콩당콩당
사랑 찾아 달려오고 있네요

웃자

배가 무지 고파도
뱃살은 빠지지 않네
이유가 뭘까

뻔하다
기회 될 때
비몽사몽 무지 먹어 둬요

먹고 나서 슬퍼하지는 말자
조촐한 단찬도
넘 단데

지금 먹어 즐거운데
무얼 바라나
난 행복하다오

봄비 내리면

봄비가 소근 소근 부르면
연한 연두빛깔로 차오른 가지에
풋풋한 꽃봉오리가
꿈틀 달려 나오고

수줍게 분홍빛으로
웃고 있는 진달래꽃
밝은 노란빛으로
가슴 파고드는 개나리꽃
함박 하얀빛으로
감싸 주는 목련꽃

봄비는 어느새
온통 생명빛깔이 춤추는
꿈결 같은 향연으로 이끄네
어린 시절 엄마처럼

귀향

불이 춤추는 저녁 아궁이
하루 시름이 붉게 녹아내리고

뽀글 뿌글 솥단지 속에는
뽀얀 밥이 냄새로 익어 가고

처마 밑 고드름은
겨울을 지키고

산골 깊은 밤 호롱불빛은
나그네를 부르고

삽살개는 앞산이 울리도록
손님 맞이하네

산행 유희遊戲

홀로 산행 출발이 더디다
거르면 뻐근 머리도 무거워
공연한 생트집이 일어날까
얼른 나서 보네

홀로나 함께하는 산행이나
시작되면 좋다
에너지 충만되고 모두 친구

맘씨 곱고 인심도 후해져
마주 보기만 해도 안녕하세요
모난 인상 아니면 얼추 친구

비운 마음만큼
두 잔이 되고 두 배로 채워
흔들리고 후회하지만
또 보자고 두 손을 흔든다

봄이 오니

들뜬 진노란 개나리 꽃잎들이
봄 햇살에 금빛 실처럼
들판 이곳저곳 펼쳐 수놓고

속삭이듯 달콤하게
병아리들 합창처럼
봄나들이 따라나서고

밤 마실 가듯
동무들과 노래자랑 하듯
사뿐하게
뒷동산으로 소풍 가자 하네요

꿈비

오래 기다린 봄비
달아서 단비래요

꽃 나무 바위 산도
달아 달아
끝없이 달래요

포근한 봄기운에
살콩 졸다

침 흘리며 게걸스럽게 깨어
홀랑 반해 버린
달콤한 꿈비

광교산 유희

새벽부터 시작해 늦은 아침 마무리된 광교산 산행
아쉬워 홀로 선녀계곡 알탕을 위해 다시 산행 시작
선녀는 못 찾고 절터약수터로 시루봉까지 완등
흥분되어 한걸음에 하산하니 반대편 수지성당 길목
갈등 때리다 다시 산행으로 즐겁게 마음 돌렸다
형제봉 입구 노상주막 막걸리를 거푸 마시자
다리에 다시 힘이 생긴다 가슴이 콩콩 뛴다

겨우 도착 "아자씨 막걸리 시원하죠 한 잔 줘유."
"근데 시원한 건 떨어졌고 남은 건 미지근한데요."
"그라도 드실라요?"
그 아자씨 인상도 산적이다

주쏘 벌컥 벌컥 뒷목까지 시원한 넘김
그래 이 맛이여~
선글라스 아자씨 맛쟁이……
광교산이 넓어 많은 사람이 넓게 행복하다

산삼의 추억

산삼 뿌리는 성격이 유별해
내린 흙도 맛나요

원하는 흙과 시공 속에서
무념무상 세월 쌓다가
인연된 심마니 찾아오면
무심히 세상에 보시하지요

윤회를 소망하며
해 달 비 구름 바람 기운
뿌리에 촘촘히 담아
백 년을 쌓아 온
염원

한 뿌리 한 뿌리
꼭꼭 정성으로 씹어
고마움으로 넘기면

깊고 긴 내음

가슴으로 뿌리내려

행복의 근원

마음 꽃을 활짝 피우네요

남이섬 스토리

남이섬엔 런닝맨들이 살고 있어요
자전거를 타고
두 손 잡고 걷거나 뛰어서
이쁜 추억을
꼭 잡고 있네요

눈사람과 토닥토닥
뿡뿡 고향열차에 마음 싣고
모닥불에 둘러 앉아 쏙닥쏙닥
겨울연가 닮은 간지러운 키스신
은행나무길 다정한 포옹

돌탑에 마음 비우고
어린장군 남이님 사랑 담으니
오래갈 우리들 이야기가
눈송이로 내려
따스하게 쌓여 가네요

사랑해야 할
이유들

Shall We Dance

기회를 주시겠어요
함께 춤추고 싶어요

기다렸어요
고마워요

슬로우 퀵 슬로우 퀵
행복을 나눠요

믿고 따라가요
아름다운 선율에 맞춰

힘차게 끌어 주세요
멋진 당신에게로

고추잠자리

고추잠자리는 매워
꼬리까지 빨갛게 탔다

물 달라고 빙글빙글
하늘로 너풀너풀

빨간 꼬리 맞출 짝 찾아
왕 눈을 사방사방

기다림

퇴색된 들꽃 이쁘다
누구를 기다리다
저리 행복한
미소를 지켰는가

어느 산행

장님 부부가 대둔산을 오르네
남편은 지팡이를 두들겨
길을 열어 이끌고
부인은 노래로 기운 주어
한 걸음 한 걸음
구슬 땀으로 나아가네

산 정상은 환희와 축복
바람과 향기가 눈을 열어
사방 펼쳐진 세상과
온몸으로 아름답게 포옹하네

시작되는 하산길
감사한 미소를 나누며
두 손 꼭 잡고 가볍게 나서네

*TV 프로그램 〈세상에 이런 일이〉에 방송된 사연을 보고 감동했어요. 두 분께
이 글을 선물해요.

축 결혼

두 사람 인생길을 함께 시작하네요
짧고도 먼 길에
축복과 환한 햇살을 기원하고

잦은 망각과 이기심 승화해
범사의 평화와 안녕에
감사하고 배려하면서
애틋하게 살아가기를

가족으로 함께 가는 길
꽃눈이 나리고
웨딩마치가 가슴으로 울리네요

신랑의 환한 웃음과
신부의 사랑스런 미소
서로에게 향하는 헌신의 약속
오랜 스토리로 계속되기를

부모님께 전하는 최고 선물
서로를 보듬고 가꾸어
뿌리 깊은 내리사랑을
아름답게 이어 가기를

신랑 신부 행복으로 행진

마로니에 공연장

꽃비 나리면 연초록 사랑이 싹트고
단비 내리면 우산 속 사랑이 진해져요
낙엽 떨어져 쓸쓸히 헤어져도
첫눈 오면 다시 재회할 수 있는
설익은 청춘들의 애틋한 공간

숨은 끼와 노래 온몸을 감싸
꼬리연처럼 자유로운 유영 펼치고
선율이 비처럼 가슴으로 스며들면
무대는 뜨거운 열정으로 불타고
빗소리 장단 따라 깊은 울림으로
꿈꿔 온 꿈들을 키워 주네

이쁜 팬들의 환호와 미소로
여름비 마중 나온 수수처럼
보석 같은 숨은 스타들이
쑥쑥 자라고 있네요

묵은 짝꿍

서로 맞춰 온 긴 세월로 빚은
깊은 빛깔 고추장으로
한바탕 비벼 한입 묵으면
씁쓸한 입맛도 돌아오지요

여름 숲 그늘 평상에 누워
바람 불어 시원하면
산들산들 꽃향기 타고
짝꿍이 또 이뻐 보여
슬쩍슬쩍 다가서지요

우리 아들에게

멋진 아들 성년이 되었네
우리 사랑의 결실
인생 최고의 선물

첫 만남 너무나 신비해
아픔도 없이 눈에 담았지
벌떡 일어서 내디딘 첫걸음마
만세로 출발을 축하했지

"올백 맞았어요"
최고로 행복한 아빠 만들어 주고
온화하게 배려하는 마음 깊어
친구 좋아하고 잘 어울려
안도를 주었지

사춘기 질풍노도 피할 수 없어
슬픔과 허망한 일들도 있었지만

무던히 지혜롭게 헤쳐 나갔지
믿음으로 자아를 찾아 가고
안쓰런 고행 이겨 내는
대견한 모습 감사할 뿐이지

원하는 세상보다는
함께 만들어 가는 행복한 세상
꿈꾸고 성실히 가꾸어 가렴
삶의 참맛을 누리는 명품인생
꼭 만들어 가기를 소망해

지혜를 가슴으로 받아들여
복되고 영광스런 삶을
나눌 줄 알기를 기도해
사랑하고 고마워

단풍길

단풍길은 새색시 시집가는 길
수줍게 가려진 진한 연지 볼
콩콩 뛰는 촉촉한 붉은 입술
첫날밤 품을 하늘색 가슴
풍성한 들녘 닮은 황금빛 피부
희망을 노래하는 코스모스 마음
단풍길은 사랑이 피어나는 길

배고프니

두 끼만 먹는다고 애쓴다
배고프니 울 엄니가 보고프다

찌개 속 덜 풀린 된장 덩어리
고기라고 서로 먹겠다고 티격태격하던
아우들이 보고프다

육거리 시장통 돼지갈비찜 맛을
알게 해 주신 아부지가 보고프다

배고프니 보고픈 게 많다

봄 인연

피해도 잊어도
만날 인연 넘길 수 없어요

그리 원하고 서둘 일도 없어
새겨 오래 담아 둘 일 없는데
밤이 깊고 길어 지쳐요

비우면 채울 사연
어느새 다가오는데
여름도 오기 전에 찾아 나서면

기다림 넘어 활짝 펴 준
라일락 꽃향기
사랑 넘치는 봄처녀
훌쩍 떠나고 말아요

우리 인연

끝이 있어야
시작이 있네
완전한 끝이 있을까

영겁의 시공
언제고 어떤 인연으로든
만날 수밖에 없어

귀한 인연 갖고프면
좋은 끝으로
연기緣起해야 해요

*연기(緣起)란 '만남을 이루는 필연적인 인연'을 말한다.

소망해요

20여 년 세월이 흐르고도
함께한다면 인연 넘어 필연

살어리 먼 길에 오르고 내리는
굽이굽이 길목마다
잡아 주고 이끌기도 하지만
때론 등 돌리고 보기 싫어
이유를 탓으로 돌리지요

사랑 정보다 깊은 부부연으로
속여서 의심 사지 않기를
가난으로 기울지 않기를
병으로 한순간 끝나지 않기를
용서 안 될 일을 만들지 않기를
정월 정화수에 담긴
맑고 청아한 보름달님께
행복을 또 청해요

잠실 콜로세움

선택받은 젊은 꿈들
여름밤에 폭발하고 있네요

커다란 모비딕이 되어
형용색깔 레이저 불빛 따라
힘나게 도약하는 실루엣 군무로
생기롭게 들썩들썩
파도를 즐기네요

우상들의 노래와 몸짓에
고뇌와 좌절을 모르는
신나는 광란

이들에겐
지금 이곳이
청춘이요

Power of Green

물결 위 도도하게 펼쳐진 그린
생명의 모태

햇살에 부서지는 촉촉한 그린
생명의 젊음

바람결로 춤추는 그린
생명의 축제

폭포수로 나리는 웅장한 그린
생명의 열정

대지에 진하게 물든 그린
생명의 진화

하늘빛에 스며든 마음 닮은 그린
사랑의 순간을 포옹하네요

밤송이 사랑

가을로 들어선 나뭇잎들 사이
나만을 위해 비춰 주는
부드러운 햇살로 이어지는
사랑 나누기 좋은 오솔길 길섶

밤송이가 딱 벌어졌어요
처녀 맘 열리듯이

성이 난 송이들 병정처럼
지키고 서 있었지만
꽉 찬 알밤들 실하게 맺었네요

지난 여름밤들
유난히 뜨겁고 길었던
러브 스토리들을
밤톨 하나마다 꼭꼭 담아
툭 툭 바람 따라 들려주고 있어요

양념장

갑자기 까톡
무심히 보니 각종 양념장 레시피
근데 마누라가 보냈다

나보고 해달라 설마 보냈겠나
뭔 일이대……
이걸 어떻게 만들지
먹을 때 잠깐 길게 느끼는
감초 같은 양념장
그야말로 묵은 손맛
갖은 조합의 아트

아트를 원하다니

또다시 까톡
다른 데서 퍼왔는데
어디 저장할 데가 없어 보냈어

요거 보고 색다른 양념해 줄라꼬

ㅍㅎㅎ

오늘 뭐 묵을까^^

과연 양념장 손맛은

묵어야 깊은 맛이 난다

가을 별곡

마른 갈대 들풀잎들
마을 포근히 감싼 솔 숲
기개 살아 있는 대나무 숲
할매같이 반겨 주는 뽕잎들
청호 채우지 못한 마른 연꽃잎들

포근히 감싸 주는 가을볕 따라
누구에게 마음 주고 싶지만
떠나야 해요
가을 따라

행운은 언제나
가까이

벗꽃 나리는 날

환한 눈 동굴처럼 길게 이어져
온통 나리는 꽃송이들 가슴 뛰게 하고
뒷목으로 찾아들어온 꽃송이
묵은 나를 간지럽히네요

말없이 걷는 동무 얼굴
꽃잎에 투영된 고운 햇살로 무지 이뻐요
삶도 이처럼 아름다워 눈이 부신 날
오거나 가고 있겠지요

한순간 버리고 나릴 수 있는
자유와 이탈이 부러워
그저 바라만 보네요

바람결로 멋 나게 낙화는 못하지만
길게 오래가야 할 여운은
꼭꼭 기억해야지요

묵은 회한을 시원하게 날려 보낼

용기가 생길 것도 같은

하얀 옥같이 귀한 벚꽃 잎들이

고맙게 나리는 봄날이네요

혼신의 힘

생각만으로 달라지는 게
어디 있을까요
선택하고 갈구해야지요

혼신의 선택 굳세게 믿고
끝 모르지만
방향 잊지 않고
목숨 걸고 나아가면

생각 뿌리들이 깊게 내려
구원의 영감이 눈물로 다가오지요

지금

황금보다 귀한 지금
내일을 위해 희생되고
지나간 어제를
되돌리는 데 모든 걸 쏟네

어제는 하루살이처럼
지금은 봄볕에 빛나는
진노란 개나리 꽃잎처럼 화사하게
쑥처럼 따뜻하고 넉넉하게

흔들리는 마음
바람결 호흡결 생각결로
봄기운 가득한 하늘로
이쁘게 날려

소금같이 짜고 쓴
귀한 기쁨을 노래하네

반가워요

샛강변 먼 길 한쪽
환한 팽이 색깔 닮은 꽃잎들
바람 따라 서로서로 도네

장단 맞춰 흔들흔들 돌며
잘 가세요 어서 오세요

지치지도 않고
방긋 웃으며 돌아가는
이쁜 얼굴 짓에
덩달아 발걸음이 고마워요

산행 中 선택

크고 먼 산을 오르는 선택은 두 가지다
산 위를 보면서 힘들게 근심하면서 오르거나
앞사람 발걸음 보며 한발 한발 묵묵히 오르거나

산길에 있는 꽃과 나무들
다람쥐 산새들도 보고 듣고 통하고
둘레길 올레길 감탄하면서 오르내려 보자

오르고 내려가는 숙명의 유희
굳이 지적하며 기운을 소진하지는 말자
인생사 닮은 함께하는 산행
더 즐거운 것들이 지천이다

우중雨中 하산下山

비 오는 늦은 하산길
사방 숲과 바람 정적
아련히 감싸고 있다

고요한 가운데 조화
숲의 충만한 기운이
나를 회복시키고 있다

순간의 허망이 아닌
시공의 풍요를 주고
그저 잘 가라 하네

외인 합창단

"당신에게서 꽃 내음이 나네요."
"9월의 어느 멋진 날에"

어린 시절 풍금에 맞춰
즐겁던 추억이 살아난다

한순간 프리마돈나 프리모우오모로 환골하는
꿈이 이루어지는 우리들 무대

잊어버린 동경을 기억나게 하고
해 볼 수 있는 무모함이 즐겁다

짓궂게 유쾌하게 실현해 가는
이 여름이 아름답다

*지난여름 꿈 높은 아마추어들이 모여 결성한 합창단 공연을 마치고…….

인연法

만날 인연 만난다
피하든 피하지 않든
생각하든 생각지 않든
만나려 하든 하지 않든
거창하든 쪽박이든
사랑스럽든 무정하든
요란하든 과묵하든
유별나든 무별나든

인연은 단순하다
내 맘으로 흘러간다

참작 參酌

배려 있는 빈 술잔

마음만 채워도

정은 애틋하고

상대는 다가오고

나도 다가가네

다감한 눈빛으로

진한 마음

이심전심 전하고

아쉬운 정은 밤새 깊어 가네

고운 마음 나눌 수 있는

한 잔 술은

마음으로

가슴을 타고 내리네

*상대방의 주량을 헤아려 술을 알맞게 따라 주는 것이 '이해와 배려'가
  있는 참작입니다.

세월 버티기

한 살 더 먹기 증말 싫어
지천명知天命이 웬 말이냐
마냥 재수하고 싶어

세월도 운수가 있어
굳세게 뻐티고
진심으로 살아 보면

행운 다가오는 좋은 날은
바로 오늘
지금 옆에 있지요

여름 마중 꽃

아카시아 꽃향기 가득한
바람도 없는 이른 여름밤

사랑이 농도 깊게 익어
감미로운 꿀 담아
활짝 피었네요

여름 닮은 아가씨
진한 머릿결에 앉은
하얀 나비처럼
수줍고 설레는
눈빛으로
속삭이듯 다가오네요

시작

의미 있는 시작
밑거름 되어
큰 나무 이루세요

시원한 그늘
소낙비 피하게 해 주고
맛난 과실 선물
눈 덮은 달콤한 휴식

희망하고 기대하는
싹틈이
시작되셨네요

감

성

넷

아름다움은
가슴에 있어요

봄비님

밤새 똑똑 노크하는 봄비
오래 기다린 귀한 손님

생명만찬 시작 알려 주는
성혈 같은 포도주

꽃다운 새싹들 가슴 열어
빗줄기 타고 올라
저마다 사랑 찾아 나서네

뿌리길

동무와 함께하는 남도 삼백 리
풍요한 생명들로 벅차요

우뚝 솟아 하늘 가린 편백나무 숲
팔백 년 두 손 모아 지켜 온 쌍향나무
팔랑팔랑 봄맞이 꽃
뒤끝 있는 노란 피나물 꽃
누워 쉬고 싶은 소나무
얼켜 설켜 기개 지키는 대나무 숲

흙속에 내린 뿌리길
세상사로 돌고 돌지만
언제나 제자리를 지켜 주어

모든 흥망성쇠
보이지 않는 길로 통하네요

가현산 진달래꽃

성격 좋은 산봉우리
사이사이 길섶들을
강남역 불금처럼 불야성으로
터질 듯한 꽃봉오리들이
이른 봄 햇살에 금빛으로
노래하듯 산들산들 춤추고

눈부신 연보라 치마를
서로 시샘하듯이
동무들과 소풍가듯이
하룻밤 만에 활짝 차려입어

거문고 가락에
떠나고 보낸 정을 실어
떵뚜둥 떵뚜둥
벌써 춤추고 있네요

순응 順應

저 설산들은 말없이 전해 주네요
흔들리고 방황하지 말고
봄처럼 탐욕스럽게 태어나고
여름처럼 강열하게 태우고
가을처럼 모든 걸 내주라고

모든 것들이 인연 없이
지루하게 지속될 것 같지만

끝없이 하얗게 잠든 산맥이
한순간 생명을 발광하며
생명을 피우는 향연으로
모두와 함께 변화하듯이

이 또한 지나가리라

나비의 꿈

다소곳하고 차분하게 기다린
어여쁜 나비
수줍게 하늘로 날아올라

봄빛결로 하늘하늘
마음을 누르며 유혹하네

물빛에 비친
예쁜 춤사위에 빠져
우아하게 나풀나풀

봄바람도
날갯짓에 취해
함께 춤추자고 살랑살랑

봄볕 타고 막 시작하려는
사랑의 춤을 보여 주네
모두의 가슴속 깊이

*소치올림픽 쇼트프로그램에 김연아 선수가 입고 나온 드레스는
올리브그린 컬러로, 덜 익은 올리브 열매처럼 차분한 녹갈색으로
조용하고 다소곳한 느낌을 주었지요. 훌륭한 무결점 연기로 선수
생활을 멋지게 마무리해 줘 고마워 이 글을 선물해요.

겨울비

무겁게 내리네
환영받지 못하게

생명을 적셔
얼려 버리고

차디찬 바람으로
대지를 잠들게 하지만

긴 잠은 채워 주네
생명의 간절함

온전히 갖게 해 주네
생명의 에너지

나의 강江

엄마 마음 담아

달빛으로 포옹하고

햇빛으로 영광 돌리고

수용으로 용서를 이루고

배려로 유유하고

바람으로 내려놓고

비로 넉넉하고

황포 돛단배로 소식 전하고

구름그림자에 염원 실어 올리고

눈송이로 한바탕 축제를 열어

얼음길로 꿈결 같은 안식 전하네요

Gift of Forest

높은 나무숲 대궐
신선한 바람이 살랑살랑
감싸고 흔들어 깨워
삶이 주는 무게만큼
내려놓게 해 주네

깊은 나무숲 뿌리세상
정수된 생명수 선물해
감사한 기운 달게 채워
예쁜 마음 촉촉이 열어
기쁨이 다가오네

고마운 걸음걸음마다
감사와 사랑이 피어나
행복이 뽀드득 뽀드득
숲 대궐을 함박 채우네요

아기 새의 입

태어나 눈을 뜨기도 전에
마른 몸을 비틀거리며
몸보다 크게 입을 벌린다

대지 에너지를
모두 마구 받아들인다
입은 생명을 키우는 입구

온몸은 기운이 충만해
살과 골격 자아를 키운다
입은 우주로 나가는 출구

소년의 새벽 바다

덜커덩 덜커덩 비둘기호는 굽이굽이 넘어 넘어
새벽 끝 바다 내음으로 소년을 바다로 이끌었다

탁 트인 푸른 동해바다는 꿈속에서 그리던 그곳
펼쳐진 바다를 캔버스에 그린 소년의 하늘바다

조개 잡아 보글보글 끓인 꿀맛 라면성찬
해변을 까맣게 뛰놀던 아우들이 보고 싶다

엄마의 풍성한 배려에 백사장과 바다는 비좁고
젊은 함성을 조율하는 아빠의 늠름함이 벅차다

새벽바다는 소년의 가슴에 추억 내음으로
언제고 돌아가고픈 고향처럼 함께하고 있다

*유년시절 느림보 중앙선 비둘기 기차를 온종일 타고 새벽 끝에
  도착한 첫 바다 동해를 만난 망상해수욕장을, 잘 뚫린 해안고속도로
  망상휴게소에서 바라보며……

적송赤松

얼마나 사랑이 뜨거우면
덕구계곡은 사철 온천이 솟을까
무심한 소나무도 사랑에 취해
벌겋게 적송이 되었네

*삼척 응봉산 덕구온천의 산신령 같은 적송들을 그리워하면서…….

강빛에 기대어

강江의 유심한 빛깔은
우리 마음을 담고 있다

봄 햇살이 내리면 진노란 개나리빛깔
봄을 닮아 하늘하늘 춤추는 연두빛깔

비 올 땐 빗줄기 사이 촉촉한 체리빛깔
비 온 뒤는 엄니 같은 황토빛깔

낙엽이 내리면 알록달록 단풍빛깔
인고한 수확에 감사한 묵은지 빛깔

눈 내릴 땐 온통 새하얀 송이빛깔
추위 내리면 기다림 닮은 꽁꽁 빛깔

마음 담을 한강이 있어
빛깔 맞춰 마음을 열어 본다

한글

소리를 담아
마음을 열어
서로 얼싸안고
춤추게 하는 글

낙엽 돌아오리

가볍게 비우고
바람이 이끄는 그곳에
회귀하는 안면을
가을햇살과 함께

고색한 미소로
내리사랑을
무심히
주고 있네요

돌아오는 봄날
환한 진달래 분홍빛과
개나리 노란빛에
생명향기 실어 피어나리

모나리자

그녀는 눈썹도 없이
어색한 미소를 짓고 있지만
이쁘다

오랜 세월
목석같은 남성들의
은근한 사랑을 받아 왔네

시대를 넘어
사랑받을 수 있는 비결
다빈치는 알고 그렸을까

눈썹 없이도 예쁠 수 있는
여백을 남긴 건
억지로 그리지 않은
기다림

여름 바캉스

청춘이 춤추는 바람결 물결 따라
보석처럼 빛나는 햇살로
온몸 가득 여유로운 선탠
새 떼들의 바캉스도 시작

추억할 여름밤 러브스토리 찾아
멋진 날개깃 치장
기운찬 구애의 노래들

한바탕 북새통이 펼쳐지고 있는
강물결 위에
강남스타일 같은 열풍이
흔들흔들 몰아치고 있네요

연산홍

물위에 비친 꽃빛이
빗방울에 울려

선홍빛 젊음
꿈결로
선물하네요

고운 약속

곱디고운 저 낙엽
비에 젖어
바람에 흔들리고
찬 서리에 떨어도

지키네
님과의 약속

감

성

다

섯

동행을 원해요

첫사랑

어린 시절 처음 겪은 열정이
첫사랑 맞아요

그런데 첫사랑은
계속 다가오고 있어요

지금 좋아서 기뻐서 만나는
모든 인연들은
너무나 반가운 첫사랑이지요

첫사랑의 열정
수많은 귀한 만남으로 살아나
소중한 경험으로 승화해

짧은 열정이 아닌
오래갈 행복을
늘 처음처럼 하고 있네요

편지

보내지 못한 마음
간직하고 있네
봄이 왔지만 아직도

보내지 못하고 쓴 마음
처음도 없었으면

지우지도 못하고
서성거리는
깊은 그리움

기다리는 편지
보내지 못해
다시 쓰기 시작하네
보내야 할 편지를

귀한 인연

산중山中 숨찬 오름길에
노루처럼 사뿐히
햇살 닮은 미소로
스치듯 지나친 인연

벌써 미소가 그리워
언뜻 뒤돌아보니
가볍게 내려가는
발걸음이 저 멀리다

가죽장갑

투박한 검은 가죽장갑
서로 익숙하게
세 번의 겨울을
함께 따뜻하게 보냈네

덕분에
두 주먹 불끈 쥐고
매서운 눈보라 세파도
씩씩하게 견뎠네

왜 맨날 잃어버리다
이 친구는 오래갈까

따뜻함이 절실하고
익숙함이 이젠 소중해
두고두고 챙기네요

졸음

경우없이 느닷없이 염치없이
시공불문
쉽게 쫓아낼 수 없는 상대

막상 온전히 잠들려 하면
상념이 일어나고
지겹던 졸음은 온데간데없네

비 오는 날 청개구리를 닮았고
내 마음을 딱 닮았네

옛 선율

오랜 하모니
서로를 배려하고 감싸 주는
배려와 믿음이 아름답네

기다린 호흡 영혼의 흔들림
시공의 떨림 촉촉이 젖어들어
고운 눈빛 마음결
곱게 나누네

잊고 있지만 잊을 수 없는
그 사람

흘러간 모닥불 빛에 흔들리며
빈 마음 채우며 다가와
촉촉이 가슴 울리는

잊을 수 없는 사랑이여라

어느 오수午睡

세상을 다 얻은 듯한 피라미 세상
꿈을 향해 물살을 힘차게 가른다
힘과 몸을 분주히 키운다

느긋하게 졸고 있는 오리 한 마리
포식자의 게으름과 기다림은
시냇가의 평화와 균형

어느 나그네

짐 하나 부채 하나 없는
빈손이 넉넉하다

적삼을 적신 땀 자리는
번민과 해탈 지도

걸음은 여유롭게
벌써 고개 재를 넘는다

광한루의 봄맞이

이른 봄기운 오른 버들나무 줄기
물이 차오른 몽우리 꿈틀꿈틀

연못 잉어들은 기다린 봄볕에
묵은 겨울 때를 씻어
배불리 몸집을 키우고
삼신산 대나무 숲 바람소리에
마음을 담아 모두의 행복을 빌고
투호살로 행운을 꽂아
터진 환한 미소에 사랑 찾아오고
널뛰는 청춘은 펄쩍펄쩍
담 넘어 봄을 부르고

서로 밀고 당긴 커플
그네 타고 창공으로 솟아
어우러져 포옹하고 나빌레라

이쁜 동창들아

밴드로 숙성된 동창들이 묶였다
어렸을 때는 의사관계 없었지만
지금은 생각대로 형편대로 모였다

반가움과 호기심 시기심이 교차해
어디로 튈지 아무도 모르지만
어린 추억이 투사되어 무지 즐겁다

아쉽고 허망한 세월의 상처
치유 받고 싶어 뭉친 동창들아
마음 붙들고 무사 순항하자

통 通

통은 마음이다
마음대로 딱 흘러간다
막히면 돌아서 간다
아님 백 년을 뚫고 있다
둘 중 하나다

명당

큰 연못 난쟁이 붕어보다는
작은 연못 거인잉어로 살고 싶네

작은 연못을 전부로 알고
알콩달콩 느긋하게 함께 살어리

다른 연못이나 큰 연못은
쳐다도 보지 않으리

머무는 이곳이
천상천하 제일명당이니깐

살곶이 다리

한성 남동 이어 주는 옛 다리 아래
야무지게 큰 잉어들 보는 날은
다복한 일들이 힘차게 다가오네

마음 이쁜 이들을 이어 주는
도도한 아리수길로 나가는 길목
땡땡하고 탐시러운 잉어들 고향

늠름하게 동네 주름잡고
지나는 철새나 사람조차 무심히
유유자적 자태
기세 있네

길한 모습 눈에 선해

다리 건널 일도 만들어

복동 잉어들 눈도장 받으러

이쁘게 보고 또 건너 보네

*살곶이 다리는 조선의 수도인 한성부와 한반도 남동부를 잇는 주요
  교통로에 세워진 옛 다리로, 한양대 옆 샛강에 있습니다.

Winter Wine

겨울 끝자리 깊은 밤
지리산 자락 솔숲

둘레길 옆 갤러리에서
나누는 와인 한 잔

말없이 부딪친 유리잔
청아한 울림소리에
가슴이 아려요

이 시간이
머물 수 없음을
여명은 새벽 종소리로
들려주고 있네요

나를 따르라

리더는 힘들다
따라와 주는 것이 아니라
지켜보고 움직이기 때문
반만 움직여도 다행

바램 시샘을 넘어
온전히 이끌고 가야 하는
외롭고 힘든 숙명

싫고 벗어나고픈 일들
해내야 하는 오뚜기로
흔들릴수록 우뚝 서네

좋아서 사랑해서
그게 아니면
도루묵

우리들 지휘자

몸매는 장군이 따로 없는데
부드럽기는 봄철 물오른
버드나무 가지보다 더해요

웃으면 더 커 보이고
크게 웃으면 우리를 꽉 채워 주지요

몸도 마음도 빈틈없이 찬
크고 넓은 자유로운 지휘는
마음을 따라가게 해요

"꽃 한 송이" 목장에 가면

한 송이 예쁜 꽃 선물
바람 비 구름 달빛 햇빛이
천 송이로 아름다운 고향을 이루네요

우리 국토 꽃 정원 나무 숲
만 송이로 멋진 스토리 완성해
건강하고 행복한 인생
달콤한 봄바람으로 전해 주네요

꽃향기 맡고
클래식 선율에 가슴 열고
웨딩마치에 맞춰 행진하고
아이들과 초원 뛰노는
즐거운 우리 한우들

그림 같은 저 푸른 초원에서
큰 입으로 빙그레 웃고 있어요

광릉수목원

달나라 계수나무 달빛 타고
내려와 알콩달콩 살고 있는 천년고향

바람이 전해 준 씨앗이 일군 숲 바다
이쁜 갈퀴꽃 골무꽃
토박이 물푸레나무
멋진 이름 있는 야생초
행복한 종달새 통통한 다람쥐 늠름한 하늘소

자작나무 가지에 원래 그랬던 것처럼
어울려 살고 있는 겨우살이
서로 포옹하고 달빛에 취해 웃고 있는 숲 왕궁

씨앗이 가는 길 우아하고 정직해
아름다운 하모니로 내리 사랑을 이루고
산신령 귀한 선물 광릉 금빛노을소나무로 변신
사랑과 행운을 전해요

크낙새 종달새도 찾아든 고을

떠나기 싫은 나그네

시 한 수 읊고 장단에 머무네요

한글 교시敎示

복잡한 신촌 방향 전철 안
노랑머리 외국인
"한글 쉽게 말해 봅시다."
교과서 무릎에 올려놓고
끄떡끄떡 졸음 삼매경

꿈속 세종대왕님께
"한글 나무 어려운요."

대왕님 껄껄 웃으시며
"쉽게 익혀서 날마다 쓰기에
편하게 하고자 할 따름이니라."

번뜩 놀라 눈을 뜬 노랑머리
침 날리며
을지로역 정차 문
닫히는 사이로 막 가네

감

성

여

섯

삶이 들려주는
이야기들

우리들 무대

삶이 진하게 녹아 있는 공연
깊은 칼질로 연하고 감미롭게 스며든
우리들 레시피로 풀려 나가요

원하는 대로 하고 싶은 대로
웃고 울고 열망하는 소리짓 몸짓
누군가의 시선으로 환생해
언제나 새롭고 다른 감성
우리들 스토리로 다가오지요

폼생폼사

차 불빛에 매료되어
길 위로 날아든 건방진 사마귀

두 손을 번쩍 두 다리 각 세우고
호기 있게 늠름하다

그렇게 맞장 뜨니
한순간을 폼 나게 산다

사주풀이

사주팔자를 풀어 보면
타고난 운명을 알 수 있지요

어떻든 용하게 알고 나도
믿고 싶은 대로 가는 게
내 사주고
그렇게 풀리고 말지요

믿기 싫고 믿지 않는데
어떻게 내 팔자가 되나요
바람이 전해 준 엽서지요

나를 믿지 못해 불안하면
그렇게 살다간
비슷한 팔자들이지요

내가 믿는 사주

감사하게 살아가면

부러울 일 없겠지요

마른장마

멀리서 번개가 그르르능
베시시 껌벅껌벅
가까운 번개 꽝릉 꽝르능
요란히 번쩍번쩍

근데 비는 오지 않아
후텁지근 괜한 상념
돌고 또 돌고

멀고 가깝게 잠 못 드는
백 가지 이유가
비 한 바가지면
쏴아 쏴아
흘러갈 텐데

늦은 하산길

동굴처럼 우거진 숲 하산길
나무 잎들 사이 조각 틈 하늘로
일몰이 지고 있네요

수줍은 새색시 닮은
풋풋하고 어여쁜 하루가
토닥토닥
집으로 돌아가고 있어요

고요히 깊어지는 밤
숲 속 오름길
남은 아쉬움과 감흥
사뿐사뿐
꿈결로 오르고 있네요

*소백산 비로봉 정산을 앞에 두고 일몰 때문에 돌아서야 했던 아쉬움을
  담아서…….

발자국

하얀 눈 위
발자국은
말하고 있네

너로 살라고
여유 갖고 즐겁게
배려하며 함께

언제고
만날 듯이 올려놓고
헤어질 듯이 내려놓고

발자국이
있든 없든
잘살라 하네

두개의 벤치

마음 깊은 나무 사이 두 개의 벤치
한쪽만을 앉아야 하네
내가 앉았던 자리에 감사하고
앉지 못한 자리는 늘 궁금하네

다른 쪽에 앉았다면 어땠을까
다음엔 저쪽에 앉아 봐야지
봄 여름 가을 벌써 겨울인데
여전히 앉아 보진 못 했네

생각대로 말대로 이어져 가는 인생
두 개의 벤치에 앉아 보는 상상도 즐겁지만
내 벤치로 뿌리내려
백 년을 오붓하게 살어리랏다

아침 운세

이른 아침 광역버스
두 계층이 존재하네

자리에 앉은 자
앉지 못한 자

한쪽은 숙면의 달콤함을
영원처럼 누리고
한쪽은 스마트 불빛에
두 눈을 번뜩이네

하루길 운세는
버스 안에서 갈리네

여의도 풍경

부신 봄 햇살에 일광욕하듯
안개는 속내까지 보이며
슬며시 떠나네요

수많은 이별과 만남이 교차한
여의나루와 마포나루 사이
건장한 다리들이
그리운 추억들을 지우며
민낯으로 낯설게
추억의 공간을 지키고 있어요

이어 주는 다리로
이별을 잊은 듯하지만
여전히 떠나보내고 기다리네요

서둘러 강 건너 길 나서는
안개와 봄꽃처럼

들풀

들판에 널려 있는
바람에 언제나 흔들리는
동물들이 때 되면 뜯어 먹는
만만한 풀들

거대하고 도도한 자연환경을
자기들 중심으로 변화시켜요

우리들 스토리도
가만 가만 뒤집어 보면
그러네요

화분 속 가녀린 난초가 주는
선물은 우주 신비여요

작은 식물들이 우리를 바꾸기 전에
함께하지요 진한 스토리로

믿는 대로

모든 게 달라져요
내가 한 선택이든
남이 해 준 선택이든

얻은 인과 이해해야지요
열린 마음으로

얻은 응보 받아들여야지요
깊은 가슴으로

원망과 용서 별 차이 없고
성취와 회한도
지속되기는 어려워

내 길을 가련다
믿고
뚜벅 뚜벅

누구

나를 따라오는
너는 누구
나구나

인과

마음이 없고 떠나 있는데
어떤 인연이 있겠나
흐르는 대로

호미 가래질 쓰임은
마음 갔던 응보
땅 치든 하늘 삿대질하든
그 또한 지난일

마음 그대로 받아들이고
인정하고 고분고분히 살면
이 또한 지날 일

월요일 아침

할 일 있어
해낼 일 있어
시작할 수 있어
감사하고 신나네

상상대로 출발하고
기분 좋은 기지개로
마음 여는
환하게 다가오는 아침

백 년 채운 거북 갈 길 가듯
묵은 기쁨으로 나아가네

빈 의자

홍대 먹자골목 김치찌개 집 의자들
늦은 아침 햇살에 맛있게 휴식 중

지난밤 단골손님 열 받는 하소연
젊은 취객 설익은 열변
김밥 옆구리 터지는 작업 멘트

입가심 핑계로 새벽까지 달리는
귀신 씻나락 까먹는 소릴
다 들어 주고 달콤히 졸고 있네

고독의 변辯

오늘 만나는 인연과
내일도 함께하고 싶다
눈빛만 봐도 심중이 통한다면
행복할 수 있지 않을까

마음은 불쑥 삐딱선을 탄다
지래 넘겨짚고 덤벼들고 만다

주워 담을 수 없는 것이
있는 것보다 훨씬 많다
고독이 훨씬 많은 이유다

세상사

의리는 이치
돌고 돌아가는 세상
주지 않으면
받을 수 없고
지켜 주지 않으면
지킬 수 없네

배려하지 않으면
한순간 놓칠 수 있고

사랑하지 않으면
행복할 수도 없어
허망하지요

우리들 점심

오징어 볶음 주세요
와~
바로 나오네

우리네 식당들은 도전해요
수십 가지 메뉴
바로바로
뚝딱 차려내는
신기록에 언제나

맛없어도 참지만
늦으면 못 참는
우리들에게 딱 어울리는
살기 위해 먹는
적소適所 찾아 삼만 리

여름 정취^{情趣}

배부른 하마처럼
이어서 엉켜서 떠다니는
장마 끝 구름들 배경으로

잠자리 떼 동동동
여름 한철 고맙게 유영하며 생을 활짝 피우고

터줏대감 산비둘기 홀로 앉아
구구~ 구구~ 님을 부르네

길섶에 정성껏 심어
찰찰 윤기 나는 빨간 꼬추

할배 따기보단 꼼지락 꼼지락
"고놈 잘 익었네."
할매 훅 따내며
"고놈 맛나네."

비 내리는 연유緣由

햇살 비 눈부시게
찰랑 찰랑
강물결로 내리고

인연비 정답게
소근 소근
숙명처럼 내리고

사랑비 뜨겁게
후끈 후끈
가슴속 달구며 내리고

아픔비 진하게
푹 푹
흔적을 새기며 내리고

세월비 녹녹하게

후두둑 후두둑

마음결로 스며내리네

어린 추억

하얀 배나무 꽃잎들이
출렁출렁 바람결로 춤추면
아이들은 산과 들에 홀딱 빠져
쏘다니기 바쁘고
해 저물어 어둑해져야
집으로 슬금슬금 스며들지요

연기 오르지 않는 봉화산
소풍 단골 코스 큰 바위 앞은
동네 아이들 "전국노래자랑"
그들만의 꿈 찬 무대

장독 익어 가는 가마터 연기
몇 날 꼬리 물고 오르고 나면
독 이고 지고 실어 나른다고
동네가 분주하지요

연못에 핀 수만 개 연꽃 따라
피었다 진 담백한 스토리가
지금도 들리는 듯 눈앞에 선해요

정산頂山에 서면

호흡이 더 이상 참기 어려워지면
산 정상이 살며시 다가오고
사방 천지로 열린 마음
세상으로 환하게 나아가네

호흡이 편해지니
좀 전 나처럼 깔딱 숨 넘게 올라서는 님들
변화무쌍 표정들이 보이네

고행 짊어진 방랑자처럼 아래만 보고 오른 사람
자신만을 위해 갈지자로 어슬렁 오른 사람
힘들어 말시키네 투덜대며 오른 사람
뒤처진 일행까지 챙기며
안녕하세요 좋은 날입니다 인사하며 오른 사람

오른 이들의 군상도 천태만상
남는 건 사진밖에 없어 인증샷에 의미 두는 사람들

멍석 깔고 배낭 펼쳐 먹는 것에 의미 두는 사람들
사방에서 다가오는 기운에 세상사 시름 날리고
감사에 의미 두는 사람들
간절한 염원 담아 성취와 안녕 염원하는 사람들

이리 가도 좋고 저리 가도 좋은
모든 길은 산에서 시작되어
희로애락 여러 길 굽이굽이 돌아
다시 산길로 돌아서네

슬픔은 기다림으로
꽃이 되어요

가을 마중

녹슨 기찻길 옆 은행나무 가로수길
해맑은 노란 잎들이 서로 나리고 있네요

오지 않는 님 기다리다 기다리다
먼발치 님이 보이는 듯

그만 우수수 버선발 마중
바람결로 달려가고 있네요

하얀 요트

유리처럼 비추는 강물결 위로
하얀 요트 오래 비 맞고 서 있네

오지 않는 님
기다리는 마음 깊지만
정아하고 순수한 자태로
속절없이
흔들흔들 지키고 있네

단아한 하얀 마음에
단박 빠진 나그네
갈 길 못 가고
그저 바라보고 있네요

구설수

그림자처럼
늘 따라오는
잊어도 되는
잊지도 못하는
어색한 친구

잠시 이별

눈빛만 봐도 알아주는 이쁜 내 짝꿍
힘들고 지쳤던 세월 기쁨 주고 사랑 주고
기다리는 지혜 준 님이여

해 주고 싶은 게 많은데
할 말도 두고두고 많은데
우리 사랑 서로의 일부가 되어
끝나지 않은 러브스토리로 남았어요

먼 길 떠난 당신 갈길 남은 아이들
여한 없이 인연 되는 세월에
뜨거운 포옹하러 찾아갈게요

다시 만날 때까지 잊으면 안 돼요
하나뿐인 내 사랑

*지인 부인이 갑자기 별세해 황망한 아픔을 위로 드리려 올린 글입니다.
 삼가고인의 안면을 기도드립니다.

깊은 이별

세월의 바다에
침몰해 버린
모성

보낼 수 없어
놓을 수 없어
심연으로
가라앉고만 있네

*세월호 희생자들의 안면을 기도드리고, 유족들의 아픔을 위로
 드립니다.

기다림

촛불 하나를 앞에 두고
강변 카페에서 기다리네

촛불이 진한 분홍빛으로
한발 한발 밝아지며
도도하게 번져 나가도
기다림은 끝나지 않고

강빛이 어둠에 빠지고
철새들은 검은 돌밭처럼
함께 강물결로 흔들리며
차가운 잠을 청하고 있지만

촛불이 밝혀줄 그리운 인연은
조용히도 찾아오지 않고
그림자만 흔들리고 있네

팽목항 비가悲歌

깊은 뻘에 빠져가듯이
올가미가 목을 죄여 오듯이
가물가물 무너져 가고 있다
이제 분노만이 죽지 않고 살아남았다

우리 아이들을 위해
잡을 수 있는 희망이 하나도 없다
분노도 죽어가고
회한만이 살아나고 있다

그때 전화를 받지 못한 미안함이
목구멍으로 넘어오고
여행 떠나는 아이에게 사랑해~ 이쁜 딸
이 시간을 놓친 게
가슴에 박혀 뿌리를 내린다
이런 이별
죽어도 잊을 수 없다

망각

생각대로 살기는
문득 어려워
포기한지도 모르고
젖어서 살아가고

사는 대로 생각하기는
그저 쉬워
잊고도
꿈인 줄 알고 살아가네

안개길 재회 再回

만나는 길 보이지 않아
간절히 바라보며
그립고 보고픈 사람
소중히 떠올리면

서서히 다가오네
그 사람이

절절한 눈물의 재회
지루한 듯
안개는 쓱 떠나 버리고

얼떨결에
또 하지 못했네
그 말을

춘추 春秋

산길은 만추로 가자고 재촉하고
바람길은 엄니 가슴골로 스며들고
물길은 높은 하늘 길로 펼쳐 솟고
마음길은 금시 떠나자고 들썩이네

세월길은 휑한 깊은 구멍을
가슴에 뚫어 퇴색된 주름길로
무심히 돌아 돌아서 가고 있네

*춘추는 세월이란 의미로, 모든 것을 이겨 내고 승화하지요.

초심

그립다 초심아
어디 갔니 초심

너는 그대로인데
내가 찾고 있구나

늦은 여름밤

깊은 밤도 매미들이 울어대니
한철이 다 지나가고 있구나

곧 추상秋霜이 찾아 올 텐데
이들은 어디로 가나

밤 잊은 절실한 구애에
마음 주고 싶은데

어설피 깬 잠이 버거워
절절한 갈구는 멀 뿐이다

*우리는 시원한 가을을 기다리지만, 매미는 17년을 땅속에서 기다렸다
 태어나 여름 한 달의 구애가 끝나면 생을 마감하지요.

어떤 호객

가만 있어도 땀 흐르는 오뉴월
서로 원수같이 용쓴다

불편해 살까 말까
눈길도 주지 않고 돌아 돌고
싱싱한 생물 찾기보다는
힘센 아줌마에 걸릴까 급 걱정
한순간 상대를 어이없게 하는
입심과 억센 흥정들

이웃사촌끼리 죽자고 용쓴다
죽은 생선을 눈물로 먹자고

*어떤 해변 횟집들의 호객을 보면서……. 누구도 원하지 않는 일을
 누가 먼저 했을까? 왜 멈추지 못하는 걸까?

지리산 잔혹사

옷핀을 애써 구부려 밥풀 끼우고
등산화 끈에 메달아 어설픈 낚시질
아빠 고기가 밥풀에 눈이 멀어 덥석
순애보 엄마고기 정 많은 삼촌고기도

청학동 깊은 계곡 물고기 마을
피라미들만 달빛 아래 노닐고 있네

네온사인

도시의 화려한 밤은
네온사인이 먼저 앞서 간다

깊은 밤을 더 깊게
온몸을 던져 불야성으로

샛별보다 빛나고
모두를 사로잡던 마력

흔들리며 흩어지는 취객들을
조롱하며 한순간 사라진다

어머니

나리는 봄비처럼
생명 주고
뜨거운 여름 햇살처럼
사랑 주고
넉넉한 가을 하늘처럼
채워 주고
품어 주는 겨울 산처럼
평화 주고

불러 볼 수 있는 행복
더 오래가기를
두 손 모아 기도드려요

역류 逆流

하늘 닮은 넓고 깊은 강물결
함께 흘러가지 않네

위로 부셔져라 오르고
욕심 가는 시공 쟁탈
서로 엉켜 치고받고
분탕질로 퍼런 흙탕물

그래도 흘러 흘러
하늘 담은 바닷속으로
스며들고 마네

가을 이별

미소 짓네
너와 나를 위해

풍요 그리고 떠남

아쉬운 여운
뒤돌아보지만

비운 자리
햇살이 충만히 채우네

너무 감사한 게
많아요

아들편지

울고 있어요
고맙고 대견하게
성장해 줘서

아쉽고 상처 난 세월 넘어
언제고 변할 모든 것들
달빛처럼
마음과 추억으로
이어 주기를

꼭꼭 써 내린
이쁜 마음에
소망 담아 감사 보네요

솟대

우리 마을 앞산에 사는 솟대
늙어 갈수록 윤기 나는 기운 빛으로
마음들을 묵묵히 지켜 주네요

저마다 흔들리는 안녕과 행복
든든히 염원해 주고
슬픈 눈 비 바람 타는 햇살을
방패연에 담아 원 없이 날려 주고

삶이 들려주는
깊은 울림의 사연들을
흔들 끄떡 언제나 들어주어

나와 너를
비우게 해 주네요

새해 첫 울림

보신각 주변을 가득 메운 사람들
새해 기대담은 기운찬 카운트다운
다섯 넷 셋 둘 하나 와~ 아~
엄청난 박수와 환호로
새해가 축복과 염원으로 출발하네요

깊고 길게 울려 나가는 종소리에
소중한 마음들 온전히 실어
기원하고 소망해요

엄마 마음처럼 사라지지 않는
보신각 종소리에 담아서
마음들을 오래 전해요

*보신각종 소리는 조선 시대에 반경 3㎞의 사대문 안을 가득 채웠다는데,
  은은한 소리가 오래가는 이유는 사람 맥박 닮은 맥놀이 현상이
  극대화되는 울림통과 비대칭의 지혜를 녹여 낸 에밀레종 장인들의 혼이
  담겨져 내려왔기 때문입니다.

개천절 開天節

우리 조상님들의 하늘이 열려
우리 역사가 시작된 어느 날

우리들 행복과 슬픔
경애의 마음으로 하늘에 올리고

이 땅의 축복과 비애
모든 님들과 가슴으로 함께하는 날

불일암 가고 오는 길

여명으로 시작된 새벽 산행
잠에서 덜 깬 동무들을 산 나무 꽃잎 계곡물이
정다운 기운으로 반갑게 마중해 주네요

"헐 벌써 바로 올라가나?
마음 준비가 안 되었소."

반가운 대나무 숲 동굴 길 지나
바람도 쉬어 가는 풍수명당 기운
묵언산행 기쁨과 가슴 벅참 누르기 어려워요

법정스님 가르침이 생전처럼 꼿꼿이 살아 있는
단출하게 청아한 암자
주인 떠난 공간 허하지만
천금 같은 기상 대나무가 묵묵히 지키고
해우소는 세월이 똑똑 떨어지는 퇴색된 졸음으로
세상시름에 관심 없고

대나무 숲 사이 바람 들자
잎새들 기다린 것처럼 소란스러워요

겹벚꽃 잎들이 풍성하게
새색시 연지곤지 단장처럼
수줍게 다가오는 하산길이 가볍네요

첫 주민등록증

아들 첫 주민등록증
찾아가라는 통지서를 받고 보니
출생신고하고 이름 짓던
그 마음이 생각나네

씨하고 멋 적게 웃는 아들에게
어색하게 축하해
운전면허도 딸 수 있고
장가도 서둘러 갈 수 있어

우리 품을 떠날 날갯짓에
책임과 사랑만큼 무게 이겨 내고
창공으로 유연하게 날아
뜻 펼치기를 기도하는 내리마음

인공 연못

간이 폭포 아래 작은 연못
물고기 몇 마리
가로등빛에 기대어
제법 어슬렁 꼬물
밤 마실 다니네

저들만의 용궁
편안하고 유유자적하다

지금
필요한 건 다 있네

울 하부지

하부지는 술을 끊고 담배를 끊었다
일제시대 태어나 배움은 적었지만
주어진 숙명을 성실히 다하셨다

하부지와의 마지막 배웅처럼
문뜩 절실하게 그립고 감사하다

타는 여름밤 긴 불면처럼
소쩍새가 고향 밤을 지키듯
메아리로 그리움이 울리고 있다

우리들 추임새

얼씨구절씨구
잘한다 예쁘다

나비 날아든다
좋다
어깨춤 들썩

화사한 분홍치마
깊은 하늘색 저고리
나풀 손끝 올림
너울 좋다

흐르는 물과 같은 세월도
장단 들어가면
얼쑤

그렇게 좋다더라

최고의 도시락

동무들과 떠나는 소풍길
엄마가 싸 준 김밥
환타 새우깡 사브사브 웨하스
계란 입힌 진주햄 쏘시지

발걸음도 가벼워
뜀박질로 벌써 도착
함께 펼쳐 놓은 추억 성찬

달아 달아 넘 달아
지금도 입안 가득히 느껴지는
유일무일 사랑 성찬

희망은
다가서는 거예요

홀씨 되어

동산 기슭 한적한 텃밭
기다림을 즐기며 서 있는
민들레 홀씨

바람이 이끄는 대로
비상할 준비 마치고

행여 발자국에 묻혀도
비에 젖어도
비우지 못해도

푸른 하늘로 날아올라
님 곁에 살포시 홀씨 내릴
소망
기다리고 또 기다려요

천년 혼魂

혼이 담긴 고려청자 이조백자
이름 모를 동산을 지키던
소나무의 정기가 서려 있다

온전한 받아들임으로 산화되어
가마는 몇날며칠 끊임없이 타올라
장인의 혼을 담아낸다

흔적을 남기지 않는 업보는
윤회로 천년을 빛낸다
살아서나 꺾여서나 천년을 지킨다

하심下心

천 년이 지켜진 계곡에서
지친 나그네는 묻는다

마음의 회한을 씻고
비우고 떠나보내고 싶다고

계곡은 대답도 물음도 없이
물소리로 흐를 뿐

나그네 발길이 가볍다

모닥불 스토리

정열적으로 춤추는 모닥불
중심에 참나무 한 토막
백 년을 지킬 것처럼
후끈한 불씨 끌어안고
우리들 깊은 밤 지켜 주네요

바람타고 멋진 동무만
짓궂게 쫓아다니는
때깔 좋은 연기 따라
세상사는 만만한 안주

앞산과 계곡으로 이어져
가슴까지 울리는
호방한 웃음 메아리들
밤이 깊어 갈수록
계곡물 소리로 흘러 흘러
마음을 멀리 전하네요

겨울 하구

깊은 겨울밤 퇴색된 하구
짙은 새벽안개
무겁게 펼쳐 있네

오랜 기다림
한순간
흔들리기 시작하면

봄꽃이 수줍은 듯 피어올라
짙은 안개를 깨고
초원으로 어느덧 항행하리라

국화

선술집 이름이 국화
기다린 듯이
누님이 보고 싶어요

시인은 왜 국화를
누님 같다고 했을까

가을 하늘처럼
감싸고 보듬어 주던
누님이
자꾸 보고 싶어요

옛 남원역

옛 남원역이 다시 피어나고 있네요
천 년을 지켜 내는 옻칠공예로

팔도를 주름잡던 예인들이
뻔질나게 들락거렸던
가고픈 추억 가득한 역전 공간
꽃들과 스토리로 채워질 꿈들이
설 이른 봄볕에도 이쁘게 돋아
찡하게 자라고 있네요

기찻길 옆 느긋한 오후 여전한 기다림은
한 땀 한 땀 공방으로 이어지고

이뻤던 세월 속 시공들이
변치 않는 옻칠로
다시 다가오고 있네요
설레는 가슴 안은 고향열차 타고

강남 불야성

소문난 강남 불야성
두리번 얼빠져 걸어 보니
벌어진 입이 다물어지지 않네

좋은 거 이쁜 거 맛난 거 훤하게 모여
고대 로마전성기 향락이 흥청거리고
검투사의 칼날이 엄지 방향으로 춤추던
시절이 여기에도 있네

자신도 모르게 커지고 빠져드는 쾌락
주연이 아닌 소품으로 버려지고
소진되고 마는 불야성
밤이 깊어질수록 공허함은 더 깊어 가네

보물찾기

뮤직킹에는
손대면 톡하고 터질 것 같은
보물들이 숨어 있어요

환호하는 팬들 따라
모든 걸 던질 줄 아는
뭘 좀 알아 가는 설익은 스타들

구름에 가려진 스타들을 빛내는 건
노력 열정 재능……
구름에 달 가듯 불어 주는 바람

꿈속에서도 갈망하는 무대
혼 담아 부르는 열창

열정 품은 가수의 노랫말처럼
내 안에 사랑의 노란빛이 들어오면

시원한 바람도 불어와

둥근 달님처럼 환하게 빛나겠지요

*뮤직킹(www.musicking.co.kr)은 음반기획제작 회사로 크라우드
펀드를 모아 꿈 많은 예비 스타들에게 기회를 주고 있어요. 대표이신
노광균님을 사랑하고 응원합니다.

찰나

포크레인 기사가 갑자기 멈췄다
자연스럽게 문자질
뽑혀질 나무는 안면을 갖는다

금슬琴瑟

비파와 거문고처럼

잘 어울린다

우리도

언제나……

인생 길

보이는 길
가고 싶은 대로 걷는다

보이지 않는 길
발길 닿는 대로 걷는다

비장悲壯

전장 속 무장의 감각은
시퍼런 칼날 위에 서 있다

한순간 모든 것을
베어 버릴 기세

대지의 기운
그대로 흡수해
시공과
하나가 되다

*비 오는 하산길 사방이 숲과 바람, 정적만이 나를 감싸고 있지만
고요한 가운데 조화가 있다. 문득 이곳이 전장이었을 어느 시절,
이름 모를 무장의 비장한 기운이 떠올랐다. 생과 사를 가르는 순간들
속에서 무장은 어떤 마음으로 시공을 지켰을까?

스마트 피플

시공을 훌쩍 초월해
몇 가지를 한 번에 해내고

수천 년 꿈꿔 온 전설들을
당연히 구현하고

변화와 진화의 속도를
즐기며 받아들이지만

눈빛을 감춘 커뮤니케이션
신인류가 구동되었네

여름나기

더워지니 여름이네요
성큼 다가온
뭐든 일낼 것 같은 열기

넘치면 부족한 만 못해
시원한 그늘 찾아
유유자적

바람결로 가볍게
비워 가야지요

강아지풀

짖지도 않고 고개 숙인 채
묵묵히 기다려요

바람 불면 끄떡끄떡
님 올까

비 오면 흔들흔들
님 못 올까

달빛 내리어
반딧불이에 가만가만
님 기다리는 한별恨別 담아
바람 사이로 멀리 보네요

임계점 臨界點

기다려 온
바뀔 수 있는 순간
그간의 모든 것을
넘어서야 하네

순간이 다가오는 것을
모르면 내려놓게 되고
알면 나래를 펼칠 수 있네

비우면 원했던 시공
잡고 있으면 변화 없는 시공

변해도 변하지 않아도
시공은 흘러가네

백일홍

인연 영원하기를
염원해
가슴 열어 붉게 타오르고

두 손 모아
기도하고 맺은 언약
백 일을 핏빛으로 태워

짧은 충만
영겁의 사랑으로
돌아오리